# Sete vidas

Heloisa Seixas

# Sete vidas

*Sete contos mínimos de gatos*

Ilustrações de

IRAN DO ESPÍRITO SANTO

Cosac & Naify

**Sete vidas**

Ilustrações: Iran do Espírito Santo
Capa e projeto gráfico: Rodrigo Cerviño Lopez
Revisão: Augusto Massi

Catalogação na Fonte do Departamento Nacional do Livro
[Fundação Biblioteca Nacional]

Seixas, Heloisa
Heloisa Seixas: Sete vidas
São Paulo: Cosac & Naify, 2002
64 p., 12 ilust.
ISBN 85-7503-172-4
CDD 869.3B

1. Literatura brasileira 2. Narrativa: contos
3. Heloisa Seixas

Cosac & Naify
Rua General Jardim, 770, 2° andar
01223-010 São Paulo SP
info@cosacnaify.com.br
www.cosacnaify.com.br
Tel [55 11] 3218-1444
Fax [55 11] 3257-8164

Atendimento ao professor: [55 11] 3218-1466

*Para Bix, que está em Roma*

## *O ritual das lambidas*

Ela é capaz de espreguiçar-se com elegância. Mais do que isso, com volúpia. O corpo farto, o ventre generoso, os pêlos sedosos que recobrem tudo — tudo, à exceção do nariz cor-de-rosa — exibem-se com harmonia, num ritmo próprio, enquanto ela se movimenta, lânguida. Esticando as patas dianteiras, alonga-se para trás, até o ponto de tensão máxima, e eu quase posso ouvir o estalar de suas pequenas vértebras.

Minha gata sabe que estou aqui. Sabe que a observo de longe, que tenho os olhos fixos em seu corpo ágil, mas finge não perceber, simplesmente porque nada nem ninguém, nenhuma presença ou testemunha, seria capaz de alterar o curso do que está por acontecer. Por um instante, ela pára. Vejo, meio de perfil, seu rosto largo e curto, que parece o de uma coruja, a parte escura servindo de moldura à máscara branca. Vira-se e me encara com seus olhos de botão. Olhos onde as duas pupilas negras, que um segundo antes eram traços — retraídas pela claridade da janela — agora se expandiram como o diafragma de uma máquina, fazendo desaparecer todo o amarelo em torno.

Em seguida volta-se para si mesma, decidida a ignorar-me. E eu sei bem por quê. Vai começar o ritual das lambidas.

Primeiro, deita-se de lado, deixando entrever a parte anterior do corpo, onde, em contraste com o dorso escuro, seu pêlo é de uma alvura difícil de acreditar. Já ouvi falar que existem, entre os amantes dos felinos, duas correntes opostas: alguns acham que os gatos, embora capazes de zelar pela própria higiene, precisam ser lavados de vez em quando; outros crêem que a natureza os dotou (com a exceção, talvez, daqueles de pêlo longo) de uma tal capacidade de se manter limpos que o banho se torna totalmente dispensável. Pertenço a esta última categoria. A alvura das patas, do peito, da barriga de minha gata são uma prova de que eles não precisam de água — nunca. E agora lá está ela. Preparando-se para sua ablução.

Começa pela barriga, lambendo os pêlos com paciência e zelo, sempre no mesmo sentido, deixando a cada lambida uma trilha cintilante. Depois, dedica-se à difícil tarefa de lavar as próprias costas, contorcendo-se numa posição improvável, para que não se lhe escape nenhum centímetro. Em seguida, senta-se. Dá-se ao trabalho de lamber cada patinha, abrindo as garras e nelas deslizando a língua de dentro para fora, como se passasse esmalte de unhas. E só então prepara-se para o mais difícil, o grande desafio ao qual se entrega todos os dias: lamber o próprio pescoço. Depois de estufar o peito com orgulho, dá a primeira lambida, de cima para baixo, como se tentasse engolir o próprio queixo. Uma, duas, três vezes, num esforço que logo parece recompensado, pois o branco do colo torna-se mais do que nunca imaculado, um perfeito colar elizabetano que lhe emoldura o rosto altivo, de ar senhorial.

E de repente sou tomada por uma certeza definitiva. A de que, em algum tempo perdido, ela foi uma rainha.

## *Um dia, um gato*

Tudo aconteceu muito rápido. Só me lembro de ter ouvido um estrondo, depois um tremor imenso, um grito em algum lugar distante — foi só. E o mundo acabou.

Estava dormindo quando aconteceu. Ou adormeci depois, não sei. Acho que desmaiei. Mas é possível que o mundo tenha mesmo acabado porque a verdade é que agora abro os olhos, arregalando-os com toda força até senti-los secos e, ainda assim, não vejo nada.

Tento mover meus músculos. Estico as costas com cuidado e, no silêncio enorme que me cerca, ouço os pequenos estalos das vértebras. Assim. Estou conseguindo. Devagar. Sinto alguma coisa fria — parece uma parede — colada à lateral do meu corpo, mas acho que se me arrastar para a frente conseguirei sair daqui. O chão está úmido. Talvez signifique perigo. Mas não devo pensar nisso agora. O importante é que o chão escorregadio facilita meu deslocamento. Vou em frente, esgueirando-me por espaços ínfimos, menores que meu corpo. Sou bom nisso.

Após alguns minutos de esforço, sou recompensado. Percebo ao longe, como se ao fim de um túnel, uma claridade.

Agora, aqui está. Mais este obstáculo e estarei livre. Empurro a pedra com o corpo. É uma lasca de cimento, afiada, que me raspa a orelha. Sinto uma dor aguda. Acho que me feri. Mas não vou desistir.

A luz explode em meus olhos, seu clarão quase me cega. Sinto o ar frio de primavera nas narinas — e sei que este é o cheiro da liberdade. Mas, assim que minhas pupilas se ajustam à luz do dia, tomo um susto: a poucos passos de mim há um homem, segurando uma estranha máquina preta. Será que vai me matar?

O cinegrafista pega sua câmera e começa a rodar. Diante dele, os escombros de uma casa nos arredores de Pristina, capital do Kosovo, na Iugoslávia. Mais uma casa destruída pelos bombardeios.

De repente, alguma coisa se move entre os escombros. Ele ajeita o foco, atento.

E vê, com surpresa, surgir de trás de uma lasca de concreto um gatinho branco, os olhos azuis piscando muito ante a claridade do dia. Sua orelha sangra, o pêlo do pescoço está escuro, as patas também, como se sujos de graxa, mas ele dá um salto para a frente, com grande agilidade.

E depois fica parado, olhando o cinegrafista com sua máquina.

Parece perplexo. Seus donos estão mortos. Muita gente está morta. Mas ele saiu ileso do bombardeio. Emerge daquele cenário de destruição, com seus olhos azuis cheios de perguntas. É um sobrevivente.

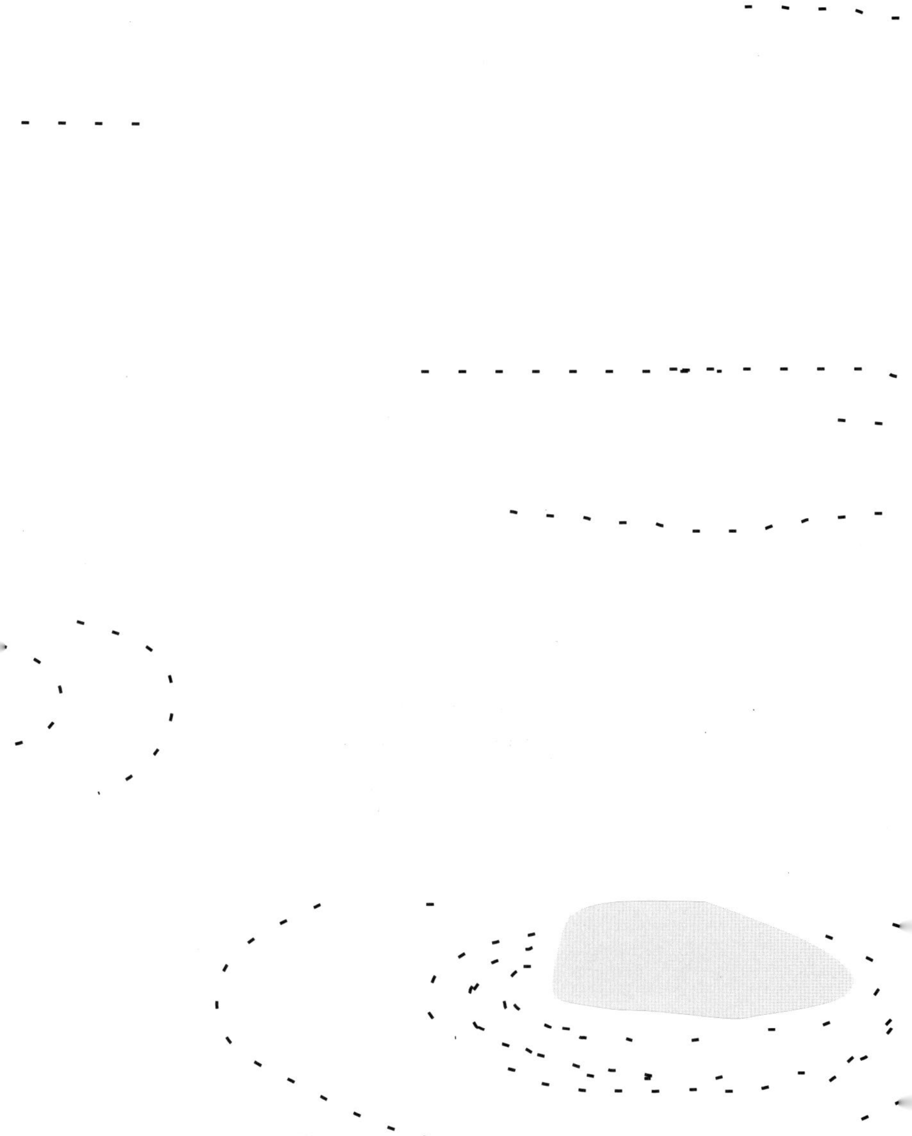

# *Zen*

Anoitecia. No templo budista, sempre silencioso, o cair da tarde era, mais do que qualquer outro, um momento de quietude. Do lado de fora, em torno do lago de carpas e seixos, nem o salgueiro, batido pela brisa, sussurrava. Apenas os pardais faziam a costumeira balbúrdia da hora de deitar, arrumando-se nos galhos das amendoeiras.

O homem entrou em silêncio, tirando os sapatos e sentando-se em posição de lótus sobre uma das muitas almofadas dispostas no salão. Era o primeiro. Olhou em torno e observou as outras almofadas dispostas pelo chão em círculo, quadrados de cor fúcsia destacando-se sobre o assoalho de tacos, muito encerado e limpo. Nas janelas, a brisa balançava os conjuntos de sinos, fazendo tilintar seus pequenos cilindros de cobre. Fechou os olhos e esperou.

Não sabe ao certo, mas talvez tenha adormecido, porque foi despertado de seu torpor pela presença de um gato, que subira em seu colo. Abriu os olhos e acariciou-o, sorrindo. Conhecia muito bem aquele gato. Era um dos dois animaizinhos que viviam no templo e estavam sempre por ali.

Ele ouvira falar que eram mãe e filho. A mãe, uma gata mais volumosa, de pêlo tricolor, preto, marrom e branco, e o filho — esse que acabara de subir em seu colo —, todo cinzento.

Erguendo o rosto, o homem percebeu que as pessoas já haviam chegado para a reunião. Estavam sentadas nas almofadas, formando um círculo quase completo. Cumprimentou-as com a cabeça, sorrindo, um pouco sem graça por ter cochilado.

Nesse instante, o gato desceu de seu colo. Caminhou devagar até uma moça que estava sentada na almofada mais próxima e, da mesma forma como fizera com ele, subiu no colo dela. Ficou alguns segundos e depois saiu, indo subir no colo seguinte. E assim continuou, de colo em colo. Em cada um, o gatinho pedia carinho, encostando a cabeça nas mãos das pessoas.

Todos olhavam a cena, curiosos. O mestre, que entrara pouco antes, estava em silêncio. Em vez de começar a reunião, também observava o gato. O animal tornara-se de repente o centro das atenções.

Depois de passar pelo colo de todos os presentes, o animal saiu da sala. Caminhou com seu passo cadenciado, indiferente aos olhares, desaparecendo pela porta principal. E só então o mestre falou, fazendo uma revelação: naquela manhã, a mãe do gatinho tinha morrido.

## *O gato e a pipa*

Seu pêlo lustroso, muito negro, reluz ao sol, ganhando matizes cor de cobre em alguns pontos. O dorso forte, musculoso como o de um puro-sangue, está em repouso, as patas colocadas com elegância sobre o balcão de madeira, embaixo da janela. O rabo forma uma curva graciosa para a direita, como se quisesse abraçar o próprio e pequeno corpo. E seu olhar está perdido lá fora, as pupilas reduzidas a um traço pela força da claridade. Embora esteja ereto, parece dormir de olhos abertos, tal a sua imobilidade.

Mas, de repente, dá-se o alerta. Os gatos são assim, capazes de passar do mais completo estado de relaxamento para o alerta absoluto. Estão inteiros, completos, em tudo o que fazem — e isso acontece sempre, nos momentos de repouso ou atenção. É portanto num segundo que ele se põe em guarda, as orelhas projetadas para cima, dois pequenos cones negros recortados contra a luz. Viu algo.

Chego mais perto, sem fazer ruído. Ele não move um músculo. É claro que sabe que estou ali, observando-o, mas não se importa. Toda a sua atenção se concentra em algo que se mexeu lá fora e tudo o que se move é, para um gato, uma presa em potencial. Talvez seja um pássaro. Olho para além da janela e sorrio. Não é um pássaro. É uma pipa.

Da janela de um prédio mais baixo, um menino solta pipa, um papagaio colorido de vermelho, azul e branco, com uma rabiola enorme, como eu não via desde pequena. Com agilidade, o menino move a linha, fazendo a pipa costurar o espaço, em pequenas curvas nervosas. São esses movimentos rápidos que chamaram a atenção do gato. Excitado, ele corre pelo balcão e chega a pôr as patas dianteiras no parapeito, talvez analisando suas possibilidades. Mas logo pára, percebendo que a presa é inalcançável. E, algum tempo depois, com um suspiro, volta a sentar-se. Desistiu.

~

Agora, adormeceu. Está deitado de lado, com os olhos fechados, relaxado. Apenas seus bigodes se movem de vez em quando, os fios compridos captando alguma coisa, como antenas. Logo, começa a franzir o focinho, remexe-se um pouco. Mas continua dormindo. Acho que está sonhando. Outro dia os cientistas descobriram que os ratos sonham como nós, sonhos longos, com enredo, emoção — prazer e medo. E os sonhos dos gatos, como serão?

Com o que sonha meu gato?

Com seu pássaro-pipa, na certa. Com alguma presa inalcançável e fugidia que, por isso mesmo, é sua maior fonte de desejo. Ele é como todos nós.

## *Em cima do piano*

A sala é grande, pé direito alto e assoalho encerado, com enormes vasos de barro junto à janela. Deles saem arbustos de folhas muito lustrosas, cujas sombras são projetadas no teto pelos fachos de luz que emanam do chão. Os sofás brancos, de tecido rústico, contrastam com o colorido dos livros nas estantes, que cobrem todas as paredes — exceto a do piano. É um piano de parede, castanho escuro, quase negro, cujo topo encontra-se recoberto por um pano rendado, antigo. Bem no centro, sobre o pano de renda, há uma estatueta de cerâmica porosa, de forma indefinida mas lembrando vagamente a figura de uma mulher. À esquerda da estatueta, está o gato.

É preto e gordo, de pêlo curto, porém de cauda vistosa e felpuda que o envolve como se o abraçasse. Enrolado sobre si próprio, ele mantém as patas dobradas para dentro enquanto cochila gostosamente. Abre uma nesga de olhos assim que a moça entra, mas logo volta a dormir, com um suspiro profundo.

Os minutos se passam sem que nada aconteça. A empregada que atendera à porta desapareceu. A moça espera pela dona do apartamento. Vira o anúncio pela manhã e, ao entrar ali, sentira que era aquele o lugar onde gostaria de morar. Espera ansiosa pela dona da casa, querendo simpatizar com ela para que o negócio se concretize. Há um quarto para alugar no apartamento.

Caminha até a janela. A empregada não volta. Nada acontece. Deixam-na ali, sozinha, ela e o gato. Vira-se. Olha para o piano, mas ele agora está vazio. Até o gato desapareceu.

De repente, surge na sala uma senhora. É uma mulher de porte imponente, vestida com uma túnica que lhe deixa à mostra o colo branco e farto. Sorri para ela, estendendo-lhe a mão. Aponta-lhe o sofá. Sentam-se. Mal começam a conversar e surge na sala uma gatinha ruiva, de olhos amarelos, muito abertos. Caminha até junto da moça com seu passo elegante e, sem cerimônia, pula no colo estranho, aninhando-se. A moça sorri, acariciando a cabeça da gata.

— E onde está o outro, aquele gato preto que estava dormindo em cima do piano? — pergunta.

A dona da casa olha-a em silêncio, como quem não compreende.

— Gato preto?

A moça faz que sim, virando-se para olhar o piano. Mas antes que diga alguma coisa a outra recomeça a falar.

— Eu tinha, sim, um gato preto. E ele gostava de dormir em cima do piano.

Vacila um pouco e em seguida completa, com um estranho sorriso:

— Mas ele morreu há oito anos.

## *A cor do cosmo*

---

Um dia, há muitos e muitos anos, no século passado, houve um homem que se meteu dentro de uma cápsula pouco maior do que uma geladeira e se lançou no espaço. Foi pioneiro ao fazer isso e, assim sendo, entrou para a História. Mas, mais do que um nome, Yuri Gagarin deixou para trás sua marca: a frase que proferiu quando se tornou o primeiro homem a ter de nosso planeta uma visão externa. Vendo-nos lá de fora, disse: "A Terra é azul".

Assim passamos as últimas décadas do século vinte e entramos pelo século seguinte: tentando acreditar que a Terra é azul. Fica difícil, às vezes. Principalmente agora que surgiram relatos de astronautas dizendo que, visto lá de cima, o azul está cada vez mais pálido, cada vez mais desbotado e cinzento, por causa da poluição ou do buraco na camada de ozônio, não sei bem.

Foi portanto com curiosidade que outro dia, folheando os jornais, dei com a notícia de que tinham descoberto a cor do universo. A combinação da luz de todas as estrelas, feita por dois astrônomos americanos, tinha resultado num verde pálido, batizado por eles de verde cósmico.

É a cor que enxergaríamos, se pudéssemos olhar todas as estrelas de uma só vez. Uma cor, inclusive, que vem mudando com o tempo e que vai ajudar os cientistas a entender melhor a evolução do cosmo.

Se havia dúvida sobre o tom azul da Terra, pelo menos agora fica estabelecido: o universo é verde.

Não tenho a menor dúvida de que os astrônomos acertaram. Eles próprios reconhecem que se surpreenderam ao descobrir que o universo é verde-água — já que não há estrelas verdes —, mas para mim não foi surpresa alguma. Li que a cor é uma mistura de 0,269 de vermelho, 0,388 de verde e 0,342 de azul e que os dois cientistas, para chegar ao tom exato, precisaram combinar a luz de mais de 200 mil galáxias, algumas a até dois bilhões de anos-luz de distância da Terra. Coitados, tiveram um trabalho danado. Mal sabem eles que não precisavam de nada disso. Poderiam ter falado comigo, me perguntado.

Reconheci de imediato aquele verde ao vê-lo estampado no jornal, a mistura suave de turquesa e água-marinha. Guardo comigo em casa uma amostra perfeita, de nuance e matiz exatos, da cor do cosmo. É verdade. Os cientistas não sabem, ninguém imagina, mas eu posso provar: o universo é exatamente da cor dos olhos da minha gata Colette.

## *Sete vidas*

---

T.S. Eliot diz em um de seus poemas que um mistério ronda o nome dos gatos. Segundo o poeta, além daquele pelo qual atendem, os gatos têm um outro nome, secreto, que só eles próprios conhecem e que nenhum ser humano poderá jamais adivinhar. Deve ser verdade, pois gatos são criaturas especiais e, por isso mesmo, cheias de segredos. Eu mesma, por puro acaso, acabo de descobrir mais um.

Estava passeando por entre as estantes de uma livraria quando, de repente, meus olhos pousaram sobre uma pilha de folhinhas temáticas, dessas de parede. Havia de tudo: uma folhinha com fotos de bebês, outra sobre design, uma com paisagens de Paris. E, finalmente, uma de gatos. Era uma das últimas da pilha e seu título me chamou a atenção: "I gatti di Roma". Imediatamente parei, como se sacudida por um choque. A capa exibia o pé gigantesco de uma estátua romana, o mármore marcado pelos sulcos do tempo, uma enorme rachadura quase decepando o segundo dedo. E, sobre esse dedo, deitado porém com os olhos muito atentos para a câmera, um gato. Segurei a folhinha com as duas mãos, sem acreditar. Era ele. O gato da fotografia, deitado sobre uma estátua romana, não era um gato qualquer. Era o meu gato — morto no ano passado.

Não que fosse apenas parecido. Era igual. Como não reconhecer cada detalhe? Cada curva das listras que marcavam seu pêlo rajado, os sinais escuros no focinho e em torno dos olhos, o formato das orelhas, a largura das patas, tão grandes já, para um corpo tão jovem — não faltava nada. E mais: o olhar. O olhar que me fitava de dentro daquela fotografia não era outro senão aquele que eu conhecia tão bem. Não podia haver dúvida. Era ele.

É por isso que se diz que eles têm sete vidas. Quando os gatos morrem e desaparecem, na verdade ressurgem em outro lugar do mundo. Lá, nesse outro lugar, o mesmo gato ressurgido, o mesmo "eu" felino, a mesma individualidade, viverá uma nova vida. E outras sucessivas, em outros lugares, até que se complete o ciclo de sete, ou até mais, porque na verdade tudo isso é um grande mistério. E, em cada lugar onde renascer, o mesmo gato será novamente ele próprio — exibindo o mesmo olhar, um perfil idêntico, um jeito igual de esfregar-se contra as quinas dos móveis. Lá estará ele, outra vez, com a mesma sutileza, a mesma meiguice, toda a ética e toda a dignidade que lhe foram peculiares na vida anterior, essa retidão que os gatos têm e que tem sido tão incompreendida ao longo dos séculos.

A descoberta me deixou feliz. Meu gatinho não morreu. Ele vive em Roma, agora. Corre solto por entre os velhos monumentos, galgando muros de hera. À tarde, deita-se ao sol sobre imensos blocos de mármore, rajado como seu pêlo, e adormece ouvindo o murmúrio das fontes. Tem outro nome, é verdade. E desse nome nada sei, pois que, como já se disse, nomes de gatos são um mistério que nem os poetas conseguem desvendar. Mas isso não tem importância.

Os contos incluídos neste livro foram originalmente publicados na seção 'Contos mínimos', da revista *Domingo* do *Jornal do Brasil*.